AF603306

CATALOGUE

D'ESTAMPES

ANCIENNES ET MODERNES

PIÈCES HISTORIQUES, VUES, ORNEMENTS

PORTRAITS

DE LÉONARD GAUTIER, MORIN, D'APRÈS INGRES, ETC.

École Française XVIIIe siècle

MADAME DE POMPADOUR FAC SIMILE DE PASTEL

ET AUTRES PIÈCES EN COULEUR

Quelques Dessins formant le Cabinet de M. de ***

DONT LA VENTE AUX ENCHÈRES PUBLIQUES AURA LIEU

HOTEL DES COMMISSAIRES-PRISEURS

Rue Drouot, n° 5

SALLE N° 3, AU 1er

Le Vendredi 17 Janvier 1862

à une heure précise.

Par le ministère de Mᵉ **DELBERGUE-CORMONT**, Commissaire-Priseur, rue de Provence, 8,

Assisté de **M. VIGNÈRES**, Marchand d'Estampes rue de la Monnaie, 13, à l'entresol; entrée rue Baillet 1,

Chez lequel se distribue le Catalogue.

EXPOSITION PUBLIQUE

Le Mercredi 15 Janvier 1862, de 1 heure à 4 heures.

PARIS — 1862

PORTRAITS DIVERS

GRAVÉS

PAR AMBROISE TARDIEU

OVALE IN-8°.

Papier format in-4°. — Chaque : 25 centimes.

Addison, poëte dram. angl.
Aguesseau (H. F. d'), chancel.
Aignan (Et.), poëte lyrique.
Alembert (d'), académicien.
Alfieri (V.), poëte dramat.
Amyot (J.), évêque.
Andrieux, poëte dram., académ.
Arioste (L.), poëte italien.
Azaïs (P. H.), philosophe.
Balzac (J.-L. Guez de), acad.
Becker, général.
Belliard, général.
Berchoux, littérateur.
Berthollet, chimiste. Pair.
Bessières, maréchal.
Boileau-Despréaux.
Chasseloup de Laubat, général.
Choiseul (duc de), pair.
Colomb (Christophe).
Corneille (P.), poëte dram.
Cousin (Victor), acad.
Daunou, historien.
Dessolles, général.
Diderot, littérateur.
Etienne, poëte dram.
Fénelon, archevêque.
Français de Nantes, comte.
Gouvion Saint-Cyr, général.
Grimm (F.-M.), critique.
Horace.
Jay (Antoine), historien.
Jouy, poëte dram.
Juvenalis, poëte satyrique.
Kellermann, général, pair.
Kellermann fils, général, pair.
Klein, général, pair.
Labbey de Pompierre, député.
La Bruyère (Jean de).
Lafayette, général, député.
La Fontaine (Jean de).
Laplace (marquis de), acad.
Le Brun (prince), pair.
Lefèvre, maréchal.
Lemontey, historien.
Louis (baron), ministre.
Massillon.
Molière.
Montaigne.
Montesquieu (Ch. Secondat de).
Mortier, maréchal.
Moustalon.
Mozart.
Murat (Joachim).
Napoléon, empereur.
Ovide, poëte latin.
Pelet de la Lozère.
Percy.
Philippe II, roi d'Espagne.
Piron, poëte comique.
Pradt (D. Dufour de), archev.
Racine (Jean).
Rampon, général.
Regnard, poëte comique.
Reille, général.
Ricard, général.
Rollin, historien.
Rossini (Joachim).
Rousseau (J.-B.).
Rousseau (J.-J.).
Saint Augustin.
Saint Bernard.
Saurin (Jacques).
Scott (Walter).
Sebastiani, général.
Séguier, chancelier.
Ségur (comte de), pair.
Soules, général.
Suchet, maréchal.
Tissot (P.-F.), poëte et prosateur.
Tite Live, historien latin.
Virgile.
Voltaire.

Caylus (Marg. de Valois, comt. de).
Dacier (Anne Lefèvre).
Gay (Sophie).
Sévigné (marquise de).

Chaque : 50 centimes.

SE TROUVE CHEZ VIGNÈRES, 1, RUE BAILLET, A PARIS.

Imp. RENOU et MAULDE, rue de Rivoli, 144. 2080

CONDITIONS DE LA VENTE

Elle sera faite au comptant.

Les acquéreurs paieront CINQ pour CENT en sus des enchères, applicables aux frais.

Les attributions de l'amateur ont été conservées pour les dessins.

L'ordre du Catalogue sera suivi.

M. VIGNÈRES, faisant la vente, se charge des commissions.

NOTA. Toute commission sans prix fixé ou sans limite déterminée sera regardée comme nulle.

M. VIGNÈRES se charge de faire marquer les prix aux Catalogues des ventes qu'il a faites. Les personnes qui le désirent peuvent s'adresser à lui *franco*.

(Toute lettre non affranchie ne sera pas reçue.)

produit		1565 25
5 % des acquéreurs		78 25
600 Catalogues	104 50	1,643 50
la ½ 75 affiches 17.50 et affichage 24	12 ..	
Insertion au gratis	13	
Déclaration	85	
Timbre	1 90	
Enregistrement	36	
Bourse Commune 3 %	50	
Honoraires Delbergue Cormon	50	
Honoraires Vigneres 5 %	82 15	
Clerc et crieurs	12 ..	
Commissionnaire	7 50	
Gratification	12 50	
la ½ Location de la Salle 107.10 la moitié	53 60	
Affranchissement à la Poste Catalogue	18 10	
53 feuilles de papier pour montage	13 25	
3 mains et ½ chemises	6 85	
29 %. transport à l'hôtel	2 25	476 45
très juste 24 % net		1,167 05

St Georges 8

Mangin 2

DÉSIGNATION

ESTAMPES

ANCIENNES ET LITHOGRAPHIES

1 **Anonyme.** Psyché regardant l'Amour endormi. Manière noire, avant toute lettre. Sup. ép.

2 **Barye.** Études de Chats, de tigre, etc., 3 p. — Qui trop embrasse, de Guérin, 4 p.

3 **Beauvarlet.** Actéon métamorphosé en cerf, d'ap. Rottenhamer. Très-belle ép.

4 **Berghem** (d'ap.). Etudes de moutons et chèvres, 8 p. Valck *ex.*

5 **Berry** (duchesse de). Vue du château de Rosny. Signé Marie-Caroline, 1823. Lithog.

6 **Boissieu.** Le Pâtre, son chien et ses trois bœufs passant le gué. Ancienne ép., papier vergé.

7 **Bonington.** Les Plaisirs paternels, le Silence favorable, la Prière, la Conversation, le Retonr, le Repos, 6 p.

8 — La Tour du Marché, à Bergues, lithog. de Feillet. Très-belle ép. sur blanc, toute marge.

9 **Bosse** (Ab.). Les Vierges sages. 4 p. en 1er état. Une double en 2e état, pour comparaison. 5 p.

10 — Le Sculpteur dans son atelier. Très-belle ép.

11 — Le Printemps. Très-belle ép.

12 — L'Hiver, on fait des beignets. Curieuse.

13 — Le Repas des dames.

14 — Donnez à boire à ceux qui ont soif. 1er état.

15 — L'Apothicaire, pièce curieuse sur les métiers.
16 — L'Age viril. Belle ép.
17 — Le Contrat, chez Leblond. Très-belle ép.
18 — Les Cadeaux à la mariée. Superbe ép.
19 **Callot**. Les Misères de la guerre. 18 p. Très-belles ép. Marge.
20 **Cranach** (Lucas). Tournoi. Belle pièce en bois. B., 126. Sup. ép.
21 **Durer** (Al.). Saint-Antoine. B. 58.
22 **École de Fontainebleau**. Le Char de Diane. Pièce ovale.
23 **Edelinck**. La Madeleine, d'ap. Lebrun. Très-belle ép., rognée.
24 **Flandrin** (H.). Frise de la nef de l'église Saint-Vincent-de-Paul. 15 p. lithog. Rares.
25 **Hogarth** (W.). Analysis of beauty. 2 p.
26 **Huret** (G.) Blanche, infante de Castille, en Minerve. — Armoiries. 2 p. très-belles.
27 **Leclerc**. Académie des sciences. Belle Copie par Cochin
28 **Penez** (G.). Titus Manlius. Pièce curieuse sur la guillotine.
29 — Sophonisbé. B., 82. Marge,
30 **Photographie**. Moïse, de M. Ange, Charles Ier et autres. 4 p.
31 **Poussin** (d'ap.). Groupe de cinq enfants.
32 **Prudhon**, Le Fils du maréchal Gouvion-Saint-Cyr, dit le Garçon au chien. Sup. ép. Chine.
33 — La Liberté, par Copia. Très-belle ép. avant les vers au bas.
34 — La Loi. — L'Égalité. 2 très-belles ép., par Copia. Grande marge.

Mougin 4 53

Philippot 4

Drug 15.

Mathon 1[illegible]

[illegible]

Hardouin 8

Hardouin 6

Dieuz. 6
Dubois Delbas

35 — En tête de lettre de la Préfecture de la Seine, par Roger. Magnifique ép. Marge.
36 — En tête du Directoire exécutif, sous le nom de Naigeon, par Roger.
37 — Triomphe de Napoléon, par Roger.
38 — Abrocome et Anzia. — Daphnis et Chloé. 2 p.
39 — Le premier Baiser de l'Amour, par Copia. Très-belle ép.
40 — Vignettes pour Rousseau. 4 p. par Copia.
41 — La Chasseresse. Avant la lettre. Marge.
42 — Adresse Ve Merlen. — Vénus et l'Amour. — Léda. 3 p., par Roger.
43 — Le Bain de Chloé, par Roger, avant la lettre.
44 — Allégories. Très-petites pièces, 7. — Les grandes figures allégoriques coloriées, 6. — Cérès et Stelion, en couleur. — La Justice divine, etc. 16 p. Pourra être divisé.
45 **Raimondi** (Marc-Antoine). Pallas. B. 337 et la copie. — Mars, Vénus et l'Amour. — La Sainte-Famille aux anges, d'ap. Durer. 4 p. Sera divisé.
46 **Raphaël** (d'ap.). Notre-Dame à l'Escalier. — Massacre des Innocents, par Lelu. 2 p.
47 **Rembrandt**. Joseph racontant ses songes. B. 37. Abraham renvoyant Agar. 2 p.
48 **Robert** (Léopold). La Prédiction. — Improvisateur napolitain, etc. 4 p.
49 **Saenredam**. La Frise de Niobé, en 8 feuilles.
50 **Steinla**, 1830. Le Christ descendu de la croix, d'ap. Bartolomeo. Très-belle.
51 **Terburg** (d'ap.). Le Chercheur de puces, par Verelst. Très-belle ép.

52 **Verkolje.** Repas dans un parc, d'ap. Wenix.

53 Diverses écoles. 30 p.

PIÈCES HISTORIQUES

54 **Boquet** (d'ap.). Histoire générale du siècle 1700, contenant les portraits des rois et personnages célèbres, et principaux événements, Henri IV, Louis XIII et Louis XIV en pied. Grande pièce en deux feuilles. Rare.

55 **Bouttats.** Massacre de Henri le Grand, roi de France, par F. Ravaillac, en 1610.

56 **Jollain** *excudit.* La Cour du roi Charles V, avec texte explicatif en bas et au revers.

57 **Leclerc.** *Nil sine te.* Fide et Obsequio, Louis XIV et Colbert.

ORNEMENTS

58 **Anonymes.** Devises pour les tapisseries des quatre Éléments.

59 **Berain.** Panneau riche gravé par Lepautre.

60 **Choffard.** Cartouches et autres. 9 p.

61 **Collaert** (A.). Pâris, Vénus, Junon, Minerve, Mercure, 5 p., dans de charmants entourages ornés de figures.

62 **Guyot.** Ornements, Arabesques, d'ap. Lavallée, Poussin. 8 p.

Fray 7.

Mathon 3

Hemrotte

—

—

— Denain 17
Lachapelle

Labrouste Malbon 4. 25 Hemrotte 4. Heyman 10

Herbaison 4. [illegible] 3
Stalled Jacob

63 **Huet**. Fins de pages, etc. 5 p.

64 **Kleiner**. Riches Intérieurs d'appartements. 7 p.

65 **Labella** (de). Six Arabesques en hauteur.

66 **Lepautre**. Vases, Burettes, Dressoir. 11 p.

67 **Nilson**. Jeux et plaisirs. 3 p. ornées.

68 **Pequegnot**. Ornements d'ap. divers. 33 p.

69 **Queverdo**. Arabesques. Trois feuilles contenant 13 motifs.

70 Ornements divers, Cartouches, Grilles, Fontaines, etc. 20 p.

VUES

71 **Aveline** et **Gole**. Vues de Vaux-le-Vicomte. 14 p.

72 **Bauduin**. Passage du roi sur le Pont-Neuf, d'ap. Van der Meulen. Grande p. en 3 feuilles jointes.

73 **Berey**, 1715. Vue du Château de Vincennes, au moment de l'entrée du Régent et de Louis XV. Rare.

74 **Boisseau**. Portail de la Sainte-Chapelle de Paris.

75 **Boquet**. Abbaye de Port-Royal-des-Champs. Vue extérieure et intérieure du chœur et des chapelles où se trouvent les tombes. 4 p. in-fol.

76 **Chedel** et autres. Ouvrages du Pont d'Orléans, le Martroy, la Cathédrale. 7 p.

77 **Depienne**, etc. Tombeaux riches de la maison de Savoie. 3 p.

78 **Deson**. Église Notre-Dame de Reims. Sup. ép., avec les coins du haut restaurés.

79 **Ducerceau**. Château de Blois, dans la cour, avec l'escalier. — Plan cavalier de la ville. 2 p.

80 **Langlois**. Du pont de l'Arche. Vues et détails d'architecture de Rouen. 40 p. à l'eau-forte.

81 **Meryon**. Vue du chevet de Notre-Dame.

82 **Perelle**. Vue perspective du Palais des Thuilleries, — du Jardin, en 1680. Adresse de Langlois. Marge. 2 p.

83 — L'Eglise Notre-Dame, genre de Perelle. — Jardin du Palais-Royal. — Jardin des Plantes. 3 p.

84 **Silvestre**. Maison abbatiale et Vue de l'abbaye Saint-Germain-des-Prez-lez-Paris. 2 p. Très-belles.

85 — Palais du Luxembourg, avant le nom. Superbe.

86 — Perspective du Château de Vincennes.

87 — Vues d'Italie. 10 p. rondes, sup., avec marge.

88 **Toutain**. Église de l'abbaye de Saint-Ouen de Rouen, du côté du midi, le Portail, Vue du dedans, le Jubé, Face du logis abbatial, Plan géométral et cavalier. 7 p. Rares et curieuses.

89 Vues de l'Observatoire, 5 p. — La Sorbonne, etc. 7 p.

PORTRAITS

CLASSÉS PAR GRAVEURS

90 **Bazin**, 1682. Marie-Thérèse d'Autriche, reine de France, à cheval, ombrée d'un parasol. In-fol. Rare.

Hemoltes

Hertuison 12, — Mathon 3.

Mathon 5 —

Mannin 4 —

—

—

—

—

—

—

Mathon 3 50 —

—

Combronne 2

Combronse 7.50 [illegible] ~~[illegible]~~
Montbarry [illegible]

Olivier 6

Herbuison 3 50

[illegible] 10

Combronne 7.50

Combronne 16.50

91 **Canu**. Testament de ***Marie-Antoinette***, surmonté de son portrait ; le tombeau figuré est au bas. In-4. Rare.

92 **Carmontelle** (d'ap. de). Le Prince de Montbarrey et le Marquis d'Entragues. — M. Girard et l'Abbé de Neuville. — Gaspard-François de Fontenay. — Vir et civis. 4 p.

93 — Pas de deux, Dauberval et Mlle Allard. In-fol, par Tilliard.

94 **Caylus**. M. Falconet, médecin, à mi-corps, d'ap. Mme Doublet, *Dibutade*, etc. Rare.

95 **Charpentier**. Marie-Joseph. de Saxe, dauphine, en pied, d'ap. Vanloo. In-fol.

96 **Chatelain**. Lekain, rôle de Gengis-Kan. In-4.

97 **Chereau**. Philippe d'Orléans, régent, d'ap. Santerre. Bon portrait. Grand in-4.

98 **Chevillet**. M. Le Noir, d'ap. Greuze. In-4. Très-belle ép.

99 **Cochin** (d'ap.), J.-S. Chardin, peintre, à deux âges différents.— Mariette. 3 p. Très-belles ép. In-4.

100 **Dambrun**. Marie-Antoinette, reine de France. In-8.

101 **Demarcenay**. Henri IV. — Sully, 2 p. in-8.

102 **Desrochers**. Fr. Verdier, peintre. In-fol. d'ap. Ranc.

103 **Drevet**. Robert de Cotte, architecte. In-fol.

104 — Marie Cadesne, femme Desjardins, d'ap. Rigaud.

105 **Dupin**. Mlle Contat. Au bas, la scène du Mariage de Figaro. Un médaillon de Beaumarchais est posé sur la tablette. Joli portrait, in-8. Rare, d'ap. Desrais.

106 — Marie-Antoinette, médaillon orné de fleurs et de couronnes. In-8, belle marge.

107 **Duponchelle**. Marie ***Leczinska***, reine de France, d'ap. Nattier. Belle ép. toute marge. In-4.

108 **Ficquet**. Ch. Eisen, peintre. Très-belle ép. In-8.

109 **Galle**. Charles-Quint. In-4. Sup. ép.

110 **Gaultier** (Léonard). Henri IV à cheval, *Timebunt gentes*. Très-belle ép. In-8.

111 — Henri IV couronné de lauriers. In-4.

112 — Famille d'Henri IV. Belle pièce. 1602.

113 **Gérard** (d'ap. le baron). Huit Portraits de femmes en pied.

114 **Hollar**. Vittoria Colonna. Belle ép.

115 **Houbraken**. Anne de Clèves, d'ap. Holbein. In-fol. Très-belle ép.

116 **Ingres** (d'ap.). L. Bartholini, sculpteur. In-fol. Potrelle, avant la lettre. Rare.

117 — Mme Gatteau mère. In-fol. Dien, 1833.

118 — M. Martin. In-fol. Calamatta, 1835.

119 — Molière en pied. In-4, chine. H. Dupont.

120 — Paganini. In-fol. Calamatta.

121 **Jode** (P. de). Petrus a Francavilla, architecte.

122 **Lasne** (Michel). Callot, graveur. In-8. — P. Corneille. — J. Doublet. — Dupleix. — R. P. Joseph de Paris. — Richelieu, en pied. 6 p.

123 **Lebeau**. Marie-Antoinette de face, avec coiffure à plumes. Médaillon in-8.

124 — Marie-Antoinette de profil, en pied, grand costume de cérémonie, d'après Leclerc. Petit in-fol. Sup. ép. Toute marge.

Monbrin 15

Monbrin 6 Combrouse 5 [illegible] 2.50

Monbrin 8 [illegible] 2.50

Mattion 1.00

Caille 8

Combroun 26.50

Ciceily 2.

[illegible] 5

Mathon 4_50

Moncrin 6

Hirleinson 4

125 **Le Carpentier**, 1808. Honoré Fragonard. Charmant portrait à l'eau-forte. In-8. Sup. ép. Très-rare.

126 **Lempereur.** Cl. H. Watelet, peintre, etc., auteur de l'Art de peindre. In-4. Sup. ép.

127 **Lépicié**. Molière, d'ap. Coypel. Avant toute lettre. Sup. ép. Très-rare. Cab. Gilbert.

128 **Lingée**. Mlle Raucourt. In-fol. Au bas, scène de Mithridate.

129 **Meerlen**. Jacqueline de Harlay, dame d'Halincourt, costume riche.

130 **Morin**. Arnaud d'Andilly.

131 — Bentivoglio, cardinal. Magnifique ép. de la col. Marin Lavigne.

132 — Chrystin. Sup. ép.

133 — Louis XIII. Très-belle ép.

134 — Duverger de Hauranne, abbé de Saint-Cyran.

135 **Nanteuil**. Barberin. R. D. 29.

136 — Louise-Marie, reine de Pologne.

137 — Anne d'Autriche et Mazarin. 3 p.

138 **Nattier** (d'ap.). Mme de *** en Flore.

139 **Niquet**. Mlle Mars en pied. Avant la lettre.

140 **Poilly**. Louis XIV étant jeune, d'ap. Nocret.

141 **Ruotte**. Marie-Antoinette. In-4 en couleur.

142 **Saint-Aubin**. Le duc d'Orléans, amateur de médailles, d'ap. Cochin. Ép. grande marge.

143 **Schmidt**. Mignard, peintre. In-fol.

144 **Scotin**. Louis XIV à différents âges. 10 médaillons ajustés sur un palmier. In-fol.

145 **Schuppen** (Van). Louis XIV étant jeune, d'ap. Vaillant. Très-belle ép.

146 — Hedwigis Eleonora, reine de Suède. Très-belle ép.

147 **Tassaert**. Charlotte Corday, d'ap. Hauer, avec la scène de l'assassinat au bas ; petit in-fol. Très-belle ép.

148 **Vallet**. Pierre Corneille, 1663.

149 **Van Dyck** (d'ap.). Frédéric de Nassau. Westonius, comte de Portland. — Les Frères de Wael. 3 p.

150 — Rubens et Van Dyck dans un ornement. — Spranger et sa femme, par Sadeler. 2 p.

PORTRAITS

CLASSÉS PAR NOMS DE PERSONNAGES

151 ***Boudet***, ou le petit Sabotier, petit danseur de cinq ans et demi dansant l'entrée de Pierrot. Jolie p. très-rare, dans le goût de Watteau. Très-belle ép.

152 ***Henri IV*** en chapeau (1593), avec batailles aux angles.

153 ***Louis XIV***. Médaillon surmontant d'autres, représentant les cérémonies du 30 janvier 1687.

154 ***Marie-Antoinette*** à la Conciergerie, et autres. 5 portraits différents et 2 tombeaux. 7 p.

155 ***Marie de Médicis***. In-4.

156 ***Montmorency*** (Henri II). La statue sur le tombeau. Belle pièce in-fol. Rare.

157 ***Nelson***. Au-dessous, fac-simile d'écriture.

Vieille 2

Ouille 9.

Hervey 6

Mangin 3

Hervey 5

Hervey 7

158 ***Triomphe de Rameau.*** Très-belle épreuve. Marge.

159 ***Rondelet*** (G.), médecin. In-8. En bois, dans un cartouche orné de figures. Rare.

160 ***Volange.*** Suzon à sa fenêtre. — Mme Ragot et Jeannot. 2 scènes. In-8. Très-rares.

161 ***Vouvermans***, peintre. In-fol. Eau-forte pure.

162 Portraits divers. 38 p. Sera divisé.

ÉCOLE FRANÇAISE, XVIIIe SIÈCLE

163 **Baudouin** (d'ap.). L'Epouse indiscrète.

164 — Le Fruit de l'amour secret.

165 **Binet**. La Séance chez une amatrice.

166 **Borel** (d'ap.). L'Indiscret, par Dequevauvillers. Belle ép.

167 **Bornet** (chez). Coup d'œil exact de l'arrangement des peintures au Salon du Louvre en 1785. — Exposition en 1787, par Martini. 2 p.

168 **Boucher** (d'ap.). Sujets chinois. 12 p.

169 — Sujets de pastorales, par Huquier. 8 p.

170 — La Pêche. Avant la lettre.

171 — Les Sabots, l'Agréable leçon, etc. 11 p.

172 **Cochin** (d'ap.). Concours pour le prix de l'Étude des têtes, par Flipart 1763 (on dit Mlle Clairon posant). Très-belle ép.

173 **Coypel** (d'ap.). M. de Pourceaugnac. — Télémire. — L'Amour maître d'école. 3 p.

174 — Histoire de Don Quichotte. 4 p. avant la lettre. Très-rares.

175 — Histoire de Don Quichotte. 12 p. rognées.

176 **Debucourt**. Vue de village, Moskou, Moské. 3 p.

177 **Duclos**. La Reine (Marie-Antoinette) annonçant à Mme de Bellegarde des juges et la liberté de son mari, d'après le dessin de même grandeur, par Desfossés. Pièce très importante de l'époque. Tous les personnages sont portraits. Très-belle ép.

178 **Eisen** (d'ap.). Vignettes, par de Longueil, Lemire, etc. 11 p.

179 — Le Matin, le Soir, la Jolie Fermière, la Belle Nourrice. 4 p. par de Longueil.

180 — Concert méchanique, le Modèle enchanteur. 2 p.

181 **Fragonard**. Les quatre sujets de Satyres.

182 — (d'ap.). La Fuite à dessein, la Culbute. 3 p.

183 **Freudeberg** (d'ap.). La Promenade du soir, par Ingouf junior 1774. Jolie p.

184 **Grosmann** (d'ap.). Concert de singes. 2 p. à l'eau-forte, par J.-M. Frey. Très-curieuses.

185 **Huet**, 1778. Le Vice forcé dans ses retranchements. Scène de mœurs de l'époque.

186 — La Feinte résistance. — Le Serpent sous les fleurs. 2 p.

187 **Moreau** le jeune (d'ap.) La Dame du palais de la reine. Martini, 1777. Sans marge.

188 **Oudry** (d'ap.). Scènes des Fables. 5 p. avant la lettre.

189 **Pater** (d'ap). Le Baiser donné. — Le Baiser rendu. 2 p. par P. J. Belles ép. Marge. (Contes de La Fontaine.)

Paris 10

[illegible] 2 32

Olivier 10

Ouvely 5 Philippot 5

190 **Punt**, 1759. Les princesses Caroline et Charlotte-Frédérique dansant Pygmalion. Belle ép. Marge.

191 **Queverdo** (d'ap.). Le Soir et le Lendemain du mariage. 2 p. Intérieurs et costumes.

192 **Vanloo** (d'ap.). L'Architecture, la Musique, la Peinture, la Sculpture. 4 p. Groupes d'enfants.

193 **Watteau** (d'ap.). Pour garder l'honneur d'une belle, par Cochin. Belle ép.

194 — Pour nous prouver que cette belle, par Surugue. Belle ép.

195 — L'Enchanteur, par B. Audran. Jolie p.

196 — Harlequin jaloux, par Chedel.

197 — Le Bain rustique, par Cardon. Belle ép.

198 — Le Bal champêtre, par Couché.

199 — Les deux Cousines, par Baron. Jolie p. du maîtée. Très-belle ép. rare. Grande marge.

200 — La Conversation, par Liotard. Très-belle ép. Marge.

201 — Arabesques, écran, dessus de clavecin, feuilles de paravents, les Éléments, le Galant, etc. 11 p. Sera divisé.

202 **Watelet** (C.-H.). Le Corps de garde des singes. Très-belle ép. d'une eau-forte intéressante du maître.

PORTRAITS & PIÈCES EN COULEUR

203 **Alix**. Mlle Maillard, du théâtre des Arts. Joli portrait in-4 en couleur. Rare.

204 **Bonnet.** Mme de *Pompadour*. Buste grandeur naturelle, fac-simile de pastel par l'impression en couleur.

205 **Caresme** (d'ap.). Scènes de Satyres et Bacchantes. 2 p. en couleur.

206 **Debucourt.** Il est pris. Ovale en couleur.

207 **Defrenne.** Baigneuse sortie de l'eau. Belle ép. sanguine, d'ap. Joullain.

208 **De Longueil.** Le Retour à la vertu. Jolie p. gravée en couleur. Belle ép. sans marge.

209 **Demarteau.** Les trois Bacchantes ivres. Superbe fac-simile, sanguine, d'ap. Boucher.

210 — Amours et Enfants, d'ap. Boucher. 5 sanguines.

211 — Pastorales et autres sanguines. 11 p.

212 — Jeune Fille au pigeon, Bergères, etc. 4 p. aux trois crayons, d'ap. Boucher.

213 — Vénus parée par l'Amour, demi-nue, assise sur un lit richement sculpté. Fac-simile aux trois crayons, sans marge.

214 **Demouchy.** Psyché regardant dormir l'Amour. En couleur, d'ap. Challe.

215 **Huet** (d'ap.). Sujets divers, Pastorales, etc. En couleur, par Bonnet, etc. 8 p.

216 **Janinet.** La Chaumière flamande, la Tabagie hollandaise, le Nouvelliste, la Baraque rustique. 4 p. en couleur, d'ap. Ostade.

217 **Le Cœur,** d'ap. Watteau. *Les Folies* : Figaro ayant pour bouclier le portrait de Cagliostro, frappe un monstre ; des ballons au ciel ; au fond, le baquet de Mesmer, Malborong, etc. Pièce curieuse en bistre.

[illegible]thon 12.

[illegible]

[illegible]

Poutal 50

Mangin 3 Combrouse 5
Mangin 3 50

Mattou 6 Chelmison 10

Mattou 6 Lesny 31

218 **Levachez.** La Danse des chiens, d'ad. Carle Vernet. Grande et belle pièce en couleur.

219 **Levaillé.** Le Bain interrompu. — La Circassienne à l'encan. 2 p. en couleur.

220 **Caricatures.** Les Effets du magnétisme animal.

221 — Le Mesmérisme confondu ; au bas est le portrait de Mesmer. Pièce en rouge. Rare.

222 — Deux compositions différentes du Mercier et des singes.

223 — Une femme de condition fouettée pour avoir craché sur le portrait de M. Necker. En couleur. Rare.

224 — Les Oies du frère Philippe. — Scène théâtrale. 2 p.

10 pièces vitraux de Bourges en couleur

DESSINS

225 ANONYME. Pourtrait de la tapisserie faite il y a deux cents ans : Jeanne d'Arc conduisant Charles VII à Reims pour son sacre. A l'encre de Chine.

226 — Dieu le père sur son trône adoré par les anges et entouré des attributs des Évangélistes. Bois sur vélin gouaché pour imiter le dessin de manuscrit.

227 BOUCHER. Chinois faisant de la musique. Fragment d'éventail sur soie ; on dit avoir appartenu à Mme de Pompadour.

228 DAVID (L.). Tête de femme à la plume.

229 DELACROIX (Eug.). Études à la plume de 14 figures pour un tableau, signé.

230 DORÉ (Gustave). Les Plaisirs du boulevard. Plume, lavé.

231 HOET (G.). Terme de Vénus orné de fleurs par des Amours; nombre d'enfants dansent autour. Charmant dessin lavé à l'encre.

Renou et Maulde, imprimeurs de la Compagnie des Commissaires-Priseurs, rue de Rivoli, 144. 8020

Lesecq 12

Duval 12 et voir Mathon 6.

15 10

10

95

13 . 28

38 . 26

17 Janvier 1862

153 Bordereau (Depremenil)

7	Bonington	St Georges	8	50
25	Hogarth	Dub. Seul.	6	
35	Prudhon prefectu	Hardouin	9	50
37	triomphe napoléon	Hardouin	4	
39	Baise d'amour		4	
41	Chasseresse		1	
50	Heinlo	Duquelin	5	
51	Terburg	Dub. Dubacq	2	50
56	Cour d. Ch. V.	Mathon	3	25
57	Leclerc vil vinte		1	
74	Ste Chapelle	Durand lachapelle	6	
76	L. orleans	Herluison	3	
79	Fumeau Mon	Herluison	4	50
88	St Ouen		14	
92	Montbarrey	Combrouse	3	50
	3 cammantile	Oreilly	5	~~40~~
93	Daubenal	Olivier	3	
94	Falconet		1	
99	3 Cochin Chardin	Hardouin	7	
100	M. Antoinette	Combrouse	3	
105	Contat	Combrouse	6	
115	armand Maures		4	
116	Bartolini	Montbrison	9	

17 janvier 1882

153 Bordereau (Desprémenil)

N°	Article	Acquéreur	Fr.	C.
7	Bonington	St Georges	8	50
25	2 Hogarth	Dub. Dub.	6	
35	Prudhon pr feuilles	Hardouin	9	50
37	triomphe napoléon	Hardouin	6	
39	Baise-d'amour		4	
41	Chasseresse		1	
50	Steinla	[illegible]	5	
57	Terburg	Dub. Dubac	2	50
56	Cour de Ch. V.	Mattor	3	25
57	Leclerc [illegible]		1	
74	St Chapelle	Durand Lachapelle	6	
76	6 orléans	Herluison	3	
79	[illegible]	Herluison	4	50
88	St Ouen		14	
92	Montbarrey	Combrouse	3	50
	3 cammatille	Oreilly	3	
93	Daubernal	Olivier	3	
94	Falconet		1	
99	3 Cochin Chardin	Hardouin	7	
100	M. Antoinette	Combrouse	3	
105	Contat	Combrouse	6	
115	armand Mevis		4	
116	Bartolini	Montbrison	9	
118	Martin	Montbrison	4	
125	Fragonard		8	
138	Mad. en flore	Montbrison	5	
149	3 Vandyck	Oreilly	3	50
151	Boudet		4	50
158	triomphe Rameau	Hervey	5	
159	Rondelet	Mangin	1	
160	2 Volanges	Hervey	3	
162	17 Portraits		3	75
172	Concours de Cochin	Lisey	7	
174	4 Donquichotte	Martin	9	
176	3 Debucourt	Dub Dubar	3	
181	les 2 satyres	Varin	8	
203	alix	(Philippot, Oreilly)	5	50
			183	00

			183	
204	Pompadour	Matton	12	—
213	Demarteau	Hub. Dubois	15	—
217	Et court la folie	Hub. Dubois	2	—
218	la danse du chien	Portalis	29	—
221	Mesmerisme	[illegible] Mauger	4 50	—
225	tapisserie	[illegible]	7	—
226	[illegible]	Lesecq.	7	—
	2 portefeuilles	Hub Dubois	4	—
	18 portraits		3	—
	27 Ecclesiastique	Henriotte	4 25	—
			270 75	
			13 55	
			284 30	

www.ingramcontent.com/pod-product-compliance
Ingram Content Group UK Ltd.
Pitfield, Milton Keynes, MK11 3LW, UK
UKHW021101270726
13994UKWH00009B/1737